슬픔도 그리울 때가

최명오 시집

시음사
시사랑음악사랑

시인의 말

혼자 걷는 이 길은
늘 외롭고 고독한 길인 것 같아도
쉼 없이 달려온 이 길이 너무 행복했습니다.

때로는 길이 막히고
때로는 깊은 크레바스에 빠지기도 했지만
그래도 그 순간이 지나면
너무나도 행복한 내 자신에 깜짝 놀라기도 했습니다.

어느 날
벼락과 함께 천둥 치는 날
우연히 퍼내도 퍼내도 마르지 않는 샘을 마시고 말았습니다.
내 스쳐 간 추억들이 바람처럼 사라지고 빗물에 씻긴 줄 알았는데
낯설지 않은 기억들이 시간이 지날수록 샘물처럼 솟아오릅니다.

계절 따라 스치는 순간을 주워
먼지 쌓인 낙서를 모아봤습니다.
그리고 이제 세상에 제 마음을 꺼내어 놓습니다.
우연이라도 볼 수 있는 기회가 된다면
마음으로나마 수고했다는 여러분들의 격려를 느끼려 합니다.
마지막으로 이렇게 아름다운 시집을 만들어 주신 관계자분들께
감사의 말씀을 전합니다.

시인 최명오

♣ 목차

♣ 목차

♣ 목차

♣ 목차

길 건너 봄이 신호등에 서있다

하늘 속 구름이 울어버리면 비가 되고
천공(天功)에 부딪혀 흐르면 빗물이라 하지요

비꽃이 천지(天地)와 만나니
지열(地熱)이 구름으로 솟아오르고

게으른 햇살을 그리워하는
뼈대 없는 빈 하늘이 흘부들하고

뿌리의 목마름에 갈망하는
산천초목 들녘이 웅성거린다

서릿발 이랑이 들썩 거리고
우물 속 두레박에 녹아내린 겨울

가랑비 내리는 길 건너에
봄이 신호등에 서 있는 듯하다.

이슬 꽃 몽우리

해 질 녘 바람에
날아드는 꽃잎은 내 마음 밖에 있고

스미는 바람은 내 몸 깊숙이
들어와 가슴 시림만 남기는구나

내일은 저 산 끝자락 모퉁이 돌아
그곳에 가면 만나지려나

아침 이슬 머금은
꽃 몽우리는 아는가 보다

지나는 시간마다
배부른 꽃이 되어가는 모습이 아름답구나.

상사화

밤이슬 내리는
그늘진 자리에 핀 꽃

텅 빈 꽃잎에
날 선 바람이 야속한 듯

움츠린 틈 사이로 한잎 두잎
이슬 맞으며 피어난 꽃이여

상사화에
풀벌레 소리 들리는 이른 아침

그늘 꽃이
여명의 빛에 흩어지는 이슬처럼

물방울 쌓인 꽃들이
날 선 바람과 긴 다툼을 하고 있다.

一生花(일생화)

터질 듯한 몽우리와 활짝 핀 꽃 한 송이가
새벽이슬 머금고 도란도란 마주 보며
서 있는 뜨락에는

꽃망울 피우기 전 산고의 고통과 같은
아픔이 있었기에 이토록 아름답지 않은가

꽃이 지고 열매가 되어 한 알의
과육이 되어 세상에 나누어주니
이 얼마나 일생의 보람인가

나눔을 위한 모진 겨울 숨죽여 잠이 들고
나눔과 베풂을 위해

땅 아래 뿌리에서는
얼마나 치열한 다툼이 있었을까?

하늘 끝에 닿아있는 가지를 위해
얼마나 치열한 다툼이 있었을까?

만물의 생이 그렇듯이
살아지고 살아가는 것이 아닐까.

동강 할미꽃

3月의 꽃바람이 봉래산을 타고 온다
절벽에 피어난 동강 할미꽃들이
꽃가람에 일렁대는 윤슬에 멀미를 하듯이

삭풍에 꽃대의 풀어 해진 할미꽃이
고개 숙인 채 긴 여울 날아온
바람에 날리며 살랑대고

봄 아지랑이 타고 오는 물오름. 꽃
초목에 햇살 한 줌 타고 내려와
석경에 쌓인 생태에 연둣빛 물감을 뿌리고

산허리 돌아 강물에 실려 온 나룻배에
수백 년 이어오는 뱃사공의 가락
정선아리랑 흥겨운 소리에
동강 할미꽃이 천천히 기지개를 켠다.

3月 과 4月, 사이

3월이 가려다
아직은 때가 아닌 듯 4월을 밀어냅니다

손등에 바람이 날선 듯 찬데
어찌하여 구름에 걸린 저녁달은
오도 가지 못하고 묏부리에 붙잡혀있나

가는 계절에 아쉬움 남은 듯
초봄에 솟아오른 세초의 푸르름이
이슬 꽃 머금은 춘풍에 부들부들 떨고 있나

손가락을 내밀어
소롯길에 남아있는 흔적들을
하나둘 봄이 오는 소리와 함께 진달래 향
가득한 언덕 위에 서서 바람에 낙서를 한다

바위 틈 사이로
낙숫물 똑똑 떨어지는 소리가
용마루에 걸린 풍경소리와 어우러져
고요한 산아에 울려 퍼지는 소리가 은은하다

3월이 계곡을 따라
소소리 바람을 타고 능선을 넘는데
어이하여 묏부리에 걸린 저녁달은
동살에도 남아있는가.

새처럼 날고 싶다

햇살 드는 창가에 앉아
허공을 향한 시선이 사선을 넘어
이름 모를 새들의 서열 다툼에 휘말리고

낯선 거리 봄이 오는 길목에는
뜨락 사이사이에 피어난
돗나물의 향기가 코를 찌르니
산천을 떠도는 싯귀에 매듭이 풀리지 않는다

봄 결 따라 담장에 늘어진 개나리의
휘어진 선들의 늪에서 헤어나니
꽃잎에 맺힌 이슬방울이 영롱하게
매달려 있는 노란 개나리꽃이 아름답다

봄은 또다시 물오른 버들가지를 찾아
일렁이는 개울을 스치고
노래하는 새들이 허공을 타고
하늘 벽 감싸 안은 절벽을 타고 오른다

내 마음도
둥둥 떠다니는 구름과 새처럼 훨훨 날아
세상을 밀어주는 등 바람이 되어
새처럼 날고 싶다.

그리우면 그리운 대로

바람이 두 볼을 스치고 갑니다
향긋한 봄내음이 스치며 갑니다

계절 따라 부는 바람과 꽃향기는
늘 한결같고 어디에 있어도 찾아오는데

차 한 잔을 나눠 마셔도 넘치는 사랑은
늘 곁에 있을 줄 알았는데

그대 떠난 자리가 작은 줄 알았는데
가득 차고도 모자란 그 자리.

오늘은 구름 한 점 없고
텅 빈 하늘이 더욱 쓸쓸하게만
느껴지는 오늘 더욱 그립네요

애타게 불러도 대답 없는 그대를
이제는 그리우면 그리운 대로
그렇게 그냥 살아가렵니다.

향기 마시는 날

사월의 어느 날 수락산 자락 타고
실바람에 날려 온 꽃내음

곳곳에 흐드러진 산 벚꽃 향이
촉촉해진 녹음을 메운다

톡톡 터지는 꽃망울 소리 들렸던가
활짝 피어나는 산고(産苦)에 찾아온

살 붉은 꽃향기가 온 누리에 뿌려져
찾아드는 벌 나비들의 달보드레한

입맞춤에 그렁그렁한 꽃잎에
넘쳐나는 향기 흠뻑 마시며 취한 듯,

따스한 봄날에 스며든 사랑의
꽃잎 차 한 잔에 내 마음 담아 본다.

4월을 보내며

4월이 돌아눕는다
모진 봄바람에 시달렸는지 돌아눕는다

세상에 꽃비 내려 우리의 마음에
설렘과 그리움 심어놓고
아쉬움 흘려가며 뒤안길로 돌아선다

울타리에 박힌 탱자나무가 아쉬운 듯
연녹색 옷을 입고 가시 돋아 막아보려 해도
사월이 춤을 추며 넘는다

사계를 가야 하는 길이기에 이별해야 한다
긴 겨울을 뚫고 오는 4월이 얼마나
우리에게 소중한지는
모든 일이 지나면 알 수 있듯이
시간이 흐르면 그리움이 되고 보고 싶어지겠지

봄의 전령에 피어난 꽃들과
금수강산에 수놓은 십자수 같은 아름다움
우리는 기억하며 또 하루를 지나
새로움을 맞이하겠지

오늘이 지나면 누가 그랬나
4월을 잔인한 달이라고

4월의 슬픔도 그리울 때가 있겠지.

4월과 5월 사이

푸른 달 기다리는
잎새 달 끝자락도 모두가
모색(暮色)에 눌린 앵화의 화려함도,
봄날에 일장춘몽이었으니

낙화하는 꽃잎은
순서 없이 서풍에 날리는데
남겨진 슬픈 가지에 매달린 언어들은
샤프에 매달린 채 필설에 춤추며
추억이란 단어장에 숨어든다

휑한 가지에 뿌려진
연둣빛 물감이 알몸 감싸듯 동풍에 날려
고독한 시간에 멈춰 선 '詩情'의 마음에 닿아
잔인한 4월과 5월 사이에 날리는 시어와,

하늘 안개 깔린
일 만 이 천봉에 올라
하늘과 땅의 움직임, 경이로움,
단비 내리는 촉촉한 대지 위에 뿌려본다.

향기

피고 지는 꽃이 있어야
그리워지는 마음이 생기지 않을까

계절을 넘나드는 꽃이 아름다운 건
바람이 전해주는 향기 때문이 아닐까

늘 내 곁에 피는 꽃 같은 당신
보이지는 않지만

어쩌다 바람이 잠들어
그대 향기마저 잠들면

꽃가람 건너 그대의 향기 찾아
그리움 가득 찬 구름 타고 날아가렵니다

어둠이 내려와 밤하늘 별들이 수놓으면
달님과 함께 잠들고 동살이 트면

샛바람 속 은가람 에 그대 향기 찾아가렵니다
그곳으로.

그리울 때 쌓이는 그리움

꽃잎 진다고 서럽다 마오
봄이 오는 길목에 활짝 핀 꽃에
내 마음도 꽃처럼 활짝 웃고 있었다오

봄바람 분다고 서럽다 마오
화사한 날에 눈꽃이 되어 살랑살랑
날리는 꽃잎들이

내 사랑하는 이와 내 마음에 저장할 수 있어
영원히 함께할 수 있으니 서럽다 마오

계절 따라서 왔으니
봄이 떠난다고 서러워 마오
그리울 때 쌓이는 것이 그리움이 아닐까?

일장춘몽, 한단지몽,

계절은 그렇게 가고
지난 계절에 남은 여운을 그리워하는 게
우리의 인생살이가 아니겠는가.

꽃의 향기

꽃이 아름다운 건 향기 때문일까
꽃이 예쁜 건 사랑이 가득 차서일까
꽃을 좋아하는 이유는 나의 마음이
아름다워서일까

꽃이 내 마음에도 활짝 피었나 보다
꽃을 사랑하는 마음이 꽉 차 있으니까

꽃밭에 사랑비 내려 뿌리까지 촉촉해지고
꽃망울 터지는 소리가 봄의 전령을 따라온
천사들의 합창 소리가 나직이 들리고

헐벗은 나뭇가지에 스치는 봄바람 소리가
아름다운 건 은은한 선율이
아름다운 호숫가에서의 오케스트라의
멋진 연주회 같아서일까

꽃잎의 향기를 한 겹씩 벗겨 바이올린 선율과
피아노 소리에 바람결 따라 날리고

내 작은 뜨락의 봄은 하프 소리에 튕겨 나가
벌과 나비를 부르며 축제를 알린다

겨우내 움츠린 친구들 하나둘 모여들어
서로가 반가워하며 벌과 나비
꽃들의 축제 속에 온천지가 흥에 겨울 때

나의 인향도 그곳에 슬그머니 묻혀 날리며
나! 여기에 있음을 알린다
오늘 같이 바람이 부는 날에.

봉선화

소롯길 토담에 기대어
그늘진 자리에 피어난 봉선화

이슬 꽃 날리는 날 선바람이 야속한 듯
도절된 가지에 툭툭 흐드러진 몽우리가

움츠렸던 꽃잎 모아
설움에 쌓인 안개 숲 벗어나니
토담길 낮게 깔린 바람이 하릴없이 반긴다

풀벌레 우는소리에
어렵사리 피어오른 봉선화
소녀의 가슴에 들뜬 연정이 흐노니하고
수줍은 듯 옷고름 터질 듯한 설렘으로 다가와

톡톡 터지는 봉선화 꽃
햇빛 사슬에 싱그러움 밀어내는
날선 바람과 마지노선 다툼을 하고 있다.

그리움의 씨앗

그대 떠난 자리
나부시 찾아온 외로움

햇살을 감추려 했던 날들
햇살을 막으려 했던 날들이

마음에 묶여 시들 때
빈들에 날아온 풀씨 하나가

잎보다 먼저 꽃이 되어
닫힌 마음을 두드린다

이제는 질곡진 세월에
그대 떠난 낡은 의자를 벗어나

들꽃 향 가득한 길 걸으며
그대 향한 외로움을 뒤로한 채

이제는 그대 위한
그리움의 씨앗을 뿌려봅니다.

그날

문득 그날이 생각나면 어쩌나
되돌아가기에는 너무 먼 시간

아련한 추억도 이제는
달빛 어린 호수에서 비추는 모습도

가물가물 해지는
그대가 불현듯 생각나는 건 무슨 이유일까

봄이 와서일까
몽우리가 맺혀지기 때문인가
활짝 웃던 그대 모습이 생각나서일까

꽃무늬 치마와
바람에 날리는 머플러가 잘 어울렸던 그녀가
왜 문득 생각이 나는지

진달래 향 가득 안고
설렘으로 다가왔던 그녀가 아직도
그곳에는 흔적이라도 남아 있지 않을까

우리는 어떤 날에는
추억을 먹고 그리움 안고 살아가며
지난 시절을 그리워하며

내 가슴에 담은
소중한 기억을 가끔은 꺼내어
지난날 아름다운 기억을 안고
살아가는 것이 아닐까

슬픔도 그리울 때가 있는 것처럼.

꽃잎에 쌓인 그리움

내 기억 저편 어딘가에
나만이 간직하고픈 꽃잎에 쌓인 그리움

걷고 달려온 지나온 삶이
허름한 자물통에 잠겨 숨어버린 시간

잊힌 듯 사라진 듯
되돌아 앉은 시간 열어보니 길고 긴 시간
서릿발 이랑이 쌓여 언덕이 되어버린
내 마음

보헤미안 같은 삶에
집시가 되어 바람 따라 물 따라
별바라기 되어 세상 한 바퀴 돌아 나오니

설핏해진 햇살에 머금은
내 모습이 월여 구에 걸려있구나
혼몽에 깨어나 화연을 벗어나니

햇살 한 줌
꽃잎에 쌓인 그리움이
주마등처럼 되살아나는 것이
이 또한 내가 살아있다는 것이 아니겠는가.

슬픔도 그리울 때가 있지

이 바람의 끝은 어디쯤일까
햇살에 밀려가는 구름은 어디로 가는 걸까

끝없이 밀려오는
구름은 또 어디로 갈까
무슨 상념에 잠겨 한없이 저 하늘 바라만 볼까

파란 하늘 허공에
낡은 추억 매달아 슬픈 기억 떨구려 하는가
보름달 차오르는 밤 외로운 연정, 그리움
그곳에 버리면 지워질 수가 있을까

되돌릴 수 없는 기억들을
뒤돌아 달려가면 떨어지려나
돌아온 일상에서 추억을 더듬는 것을 보니
슬픔도 지나온 시간에 쌓인 서적이려나

지나온 세월에 맺힌
삶도 떨어지지 않는 내 인생의
일기장이었으니 이 모두가 내 것이니.

꽃샘바람

보드라운 결 따라
하늘과 땅 사이에 스치듯
꽃샘바람이 다가와 속삭이네요

꽃바람에
찔레꽃 열매에 내려앉은 하얀 눈이
눈물이 되어 흐릅니다

긍휼한 바람이
담장을 타고 봄의 향기 가득한
내 작은 뜨락에도 꽃바람이 불어옵니다

서산에 선홍빛 물감들인 진달래
수줍은 듯 양 볼을 스치고 하얀 눈에 웅크린
꽃잎을 흔들어 깨우네요

살 붉은 꽃향기가
가까이 다가서면 날아 날까 봐
멀리서 바라만 봅니다

봄이 지나는 소리에
내 안에 쌓인 그리움이 녹아내리는지
데워진 마음이 가슴골 사이로
흘러내립니다

이 바람이 지나면
하얀 눈에 발자국 남듯이
발자국 스케치한 내 마음 따라
그대가 남긴 그리움 따라서 가려 합니다.

하늘이시여

설렘 타고 날아오른 하늘
그곳에도 바다가 있었으니

구름 꽃 피어오른
천상에 깔린 우윳빛 하늘
하늘 강변 일렁이는 구름바다

태양이 비껴간 자리에
검은 사슬 이어져 해지는 노을이
내 영혼을 태우고 지누나

세상이 눈 아래 깔려 내 발아래에 있으니
세상 부러울 것 없으나
7,900 피트 허공을 나는 빈 그림자에
구름바다는 내 노니는 곳 아니더이다

오로라의 빛처럼
낯선 세계에서 두려움이 앞서누나
하늘이여 나 이제 돌아가리라

새벽녘 내가 그리워하고
내 벗이 있는 지상의 낙원
상념의 공간 시어가 누워있는 그곳
하나둘 바로 세워

아메리카노 진한 향기에
그리움 안고 그대 기다리는 시간
새벽 5시 30분으로 나 돌아가리라.

사랑의 맛

나는 너에게 사랑을 주고
너는 나에게 사랑을 받고

우리는 이것을 예쁜 머그잔에 담아
눈꽃을 날리며 주고받는다

바라만 보아도 좋고
주기만 해도 아깝지 않은
너였기에,

남기지 않는 사랑
넘치지 않는 사랑

함께 할 수 있음에 기뻐하며
슈크림같이 달콤한 언어에 빠져들고

웃는 눈이 하트가 되어
웃음꽃 날리는 너,

아~ 사랑의 맛은 이런 것이었어.

보라카이

야자나무 그늘에 에메랄드빛 바다
끝없이 펼쳐진 화이트 모래사장

겹쳐진 구름 사이로
은빛 햇살 타고 동그랗게 말려오는 파도
살짝 보여주려는 속살

하얀 그리움 섞인 파도에 밀려오는
모래의 쏠림 소리와 새들의 지저귐 소리

바람의 음표와 함께 들려오는 합창 소리가
보라카이의 아름다운 해변에서의
아침을 맞는다

철썩거림의 파도에 그려지는 얼굴들
끝없이 이어지는 그리움들이 일렁이며
내 곁으로 밀려오네.

세일링

토양을 벗어나
바람을 타니 해양이 반기고

태양을 벗어난
석양의 노을이 향기로운
바람의 내음을 밀어내누나

바라만 보아도
쏟아질 것 같은 열정이
하루의 고된 일상을 삼킬듯한
파도와 햇살이 잠든다

붉게 노을 진
수평선에 걸린 태양이 춤추는 시간
내 영혼의 감성을 실은 카누 세일링이
바람을 타고

태양의 빛 사슬
끝자락에 매달려 해지는
찰나의 순간을 아쉬워하며

붉은 여정이 남은 그리움에
태양이 빠져버린 그곳으로 다가가리.

스노클링

한길 넘어 천 길 속
햇살마저 거부한 바닷속 심랑을 보며

심해의 오묘함에
자연을 배우며 물질을 한다

발끝에서부터 전해오는
야릇한 감정은 두려움이 앞서고

보일 듯한 물체에
거리감마저 놓쳐버린 머리는
심오한 감정에 빠져들고

그곳에서 들려오는 무언의 소리를 지나
옅은 바닷속 흐느적거리는
해초의 춤과 철썩거림

제 몸처럼 바위에 붙어사는
작고 수많은 조개들의 놀라운 생명력

거친 숨 몰아쉬며
아름다운 바닷속을 바라보며
스노클링 하는 내가 바다와 한 몸이 되어

파도의 너울에 매달린 수평선을 바라보니
내 마음도 보이는 만큼은 커지는가 보다.

사랑의 온도

그대를 사랑하는 까닭은
그대 마음이 보이기 때문입니다

그대의 마음을 만지면
체온을 느낄 수는 있지만
사랑의 온도는 떨어질 수도 있습니다

밤하늘별을 좋아하는 것은
반짝이는 빛이 그대를 닮아서이지만

여명에 흩어지는 별들이 아직도
내 마음에는 남아서 반짝이기 때문입니다

햇살을 좋아하는 까닭은
그대 별꽃 새겨진 마음이 따듯한 온기에

활짝 핀 나를 바라보는
따듯한 그대 마음 때문입니다
내 사랑의 온도는 영원히 내려가지 않으니까.

칠백 리

아우라지 떠난 꽃잎 하나가
청령포 나루터에 이르니,

서녘 하늘 물그림자에 내려앉은
초승달이 일렁이는 나뭇가지에
머물러있다

하늘을 지향하는
지저귐이 바람을 부르는 듯
산허리 돌아 나온 바람이 강물을 친다

작은 그리움 태우고
칠백 리 강물 따라온 꽃잎아
꼬두람이로 온 바람을 탓하지는 말라

슬피 우는 뻐꾸기 소리에
한나절 구름에 숨어 눈물 적시고

억겁의 시간에
메아리도 없이 흘러온
칠백 리 꽃가람에 잔별들이
촘촘하게 하나둘 소리 없이 내려와 앉는다.

하루

하늘 강변
해거름에 어둠이 내려와
소롯길에 뿌려진 별들이 반짝이는
밤하늘이 아름다워라

이 밤 지나고 나면
여명에 아침이 밝아오는 하루
어둠이 지난 새벽 동살 트는 하늘이 아름답다

새벽달 감싼 흰 구름의 흔적조차
내 작은 마음에 쌓여만 가는 그리움에
오늘이 행복합니다

태양은 오늘도
내 곁에 다가와 속삭이듯
그대가 있어 오늘 하루가 즐거웠다고
하루를 태우고 노을에 뿌리고 떠나갑니다

오늘 하루의 무게를
저울에 달아 기쁨과 행복을 얹어놓고
저울질을 해봅니다

기쁜 마음에
슬픈 마음을 빼고
행복한 순간을 더하여
저울에 남은 눈금은 사랑하는 이에게
나누어 주려 합니다

오늘 내가 사랑하는
당신의 하루는 어떠셨나요

보고 싶다~ 네가

어둠이 내려앉은 창밖으로
비 오는 소리 들리면
나의 외로움 가득 담은
내 마음을 보낸다고 슬퍼하지마

사는 게 바쁘다고 힘들어하는
널 안아주지 못한 내가
돌이켜 생각해보면 후회되지만
널 위한 내 마음은 진심이었어

서로가 힘이 들어도
이렇게 비가 오는 날
우산이 되어주질 못해 미안해하는
내 마음에 후회를 하며

지난날 아쉬움을 창문에 서려 있는
나의 입김에 옛정을 담아 그려본다

아직도 남아있나 보다
창문에 빗물 보이면 네 생각나는 걸 보니.
흘러내리며 지워져도 네 생각나는 건
어쩔 수 없나 봐

오늘도 입김 서린 창문에 널 그리며
지웠다 다시 쓰는 걸 보니 어쩔 수 없나 봐
보고 싶다

슬픔도 그리워지는 걸 보니.

그대 생각나는 날에는

내 그리움의 끝은 어디에
시간에 묻혀 먼 길 돌아서 왔건만
구름에 묻혀 숨어있어도 보이는가 보다

눈을 감아도
눈을 떠보아도

내 그리움은 늘 그 자리
내 가슴속 마음에 남아있다

만질 수 있다면
잡을 수만 있다면
활짝 핀 꽃 한 송이 건넬 수만 있다면

세상 끝자리에서도
바라볼 수가 있을 텐데

너를 향한 그리움은
어찌하여 마음에만 있는 걸까

램프의 요정처럼 부르면 나올 수가 있는
그리움이면 얼마나 좋을까,

하지만 그리움이 있으니
그대 생각나는 게 아닐까

외로울 때 슬플 때 보고 싶을 때가 있어야
그대 향한 그리움 되겠지.

술잔 속에 빠진 노을

서녁 하늘 청보리 물결에 노고지리 춤추고
훈풍에 실려 온 노래가 바람을 타고

소롯길 언덕 아래 소몰이 아이 불던
휘대기 소리와 해거름에 슬피 우는 뻐꾸기

하늘 강변 바람은 잔잔한데
구름 꽃 태우는 태양이 바쁜가 보다
보이는 구름마다 황혼에 태워버린다

갯벌에 잘 구워진 노을이
하나둘 사라지고 윤슬에 튕긴 하루가
저녁놀에 숨누나

한잔 술에 취한 나그네
덩그러니 남아있는 술잔에 빠진
노을이 안주가 되어 긴 하루를 마시고

저녁놀 땅거미 진 거리
아슴한 달밤에 노을이 술잔을 타고
내 몸속으로 들어온다.

가을을 타나 봐

가을이 면접을 보러 온다
아직도 지난 계절의 추억이 남아있는데

왜! 이맘때면
그날의 기억들이 소환되는 걸까
지운다고 그날의 추억 지울 수가 있을까

우리의 추억 태우면 없어질 줄 알았는데
가슴에 남은 자국 지금도 남아있는데

낙엽이 덮이면 잊힐 줄 알았는데

타버린 기억들이 시간을 외면한 채
아직도 내 그리움 속에 남은 추억이
속절없이 가을을 타는가 보다.

바람의 인연

낡은 서적에
숱한 사연 안고 달려온 시간
질곡 진 사연 가슴에 안고 달려온 길

스쳐 지나간 인연조차
이 또한 운명의 끈이었으리라
인연이 아니면 차라리 스치지나 말 것을

내 영혼에 얽힌 정
해 거름에 하늘 꽃별이 쏟아지는 강물에
은하수 담긴 배 태우고 가려무나

사랑하는 마음도
미워하는 마음도
배회하는 마음도

모두가 내 인생의 한 페이지인 것을

덧없이 흐른 세월에
아쉬움. 남기고 간들 무슨 소용 있을까
바람의 인연인 것을

이제는 맞이하는 인연보다
찾아가는 인연이길 바라며

오늘도
어디에서 불어오는지 몰라도
스치지 말고 내 안에 머무를 수는 없겠니.

가는 걸까~ 오는 걸까?

이 밤 어느새 동살에 어리는 새벽
길게 늘어진 팔다리 쭉 펴본다.

잠깐 지난 것 같은 시간에
날이 샌 것 같다

큰 하품을 하다
귓속이 먹먹함에 창밖을 보니
아득히 먼 새벽하늘에 비행기 한 대가
미끄러지듯 날고 있다

가는 걸까
오는 걸까

가는 거면 어디로 가는 걸까
오는 거면 어디에서 오는 걸까

내 허전한 마음에 실려 온 언어들
끝이 없는 하늘 바다 시공간을 헤매고 다닌다

별들의 고향 달님의 놀이터에 있는
저 사람들은 내 존재를 모르지만

하늘 끝자락에
매달려 가는 비행기가
밤새운 나에게 마지막 글이 되어 주었기에

이것조차 나에게는
한 장의 페이지를 채울 수 있어서 다행이다
이제 잠이라도 조금 자야겠다.

바람의 눈물

바람의 소리가
솔향기 따라 물길을 따라

세월의 빗장을 열고
하늘문 열고 나오는 소리가 들려온다

몇 번이었던가
푸르름이 깎여 세월을 먹어버린 시간들

바람은 기억하려나
빛 사슬에 걸린 단풍이 울고 웃던 시간을

내 슬픈 추억이
해 질 녘 너를 마주하며 안으려 했던 기억

내 그리움에는 언제나
바람의 눈물이 있었음을 아는지 모르는지

슬픔도 그리울 때가.

가을 스케치

가을 햇살 한 줌이 살며시
내 어깨에 내려와 쉬어가네요
햇살도 갈 향에 취해 잠이 들었나 봅니다

호수에 비친 가을이
팔레트에 섞인 물감들처럼 울긋불긋한데

천수에 떨어진
한 방울의 물감이 퍼져 작은 호수에
시나브로 가을을 스케치합니다

일렁이는 바람에
흔들리는 낙엽처럼 그렇게
가을은 입체화되어 다가오고 있지요

그대여 오늘!
내가 그대에게 드리고 싶은 게 있다면
이 가을에 쓴 시 하나와

호수에 비치는 가을을 떠서
그대 마음에 담을 수만 있다면
나, 오늘 그대 마음에 담아 드리고 싶어요.

그리움도 밀물과 썰물이 되어

언제 적이었나
밀물처럼 밀려 왔다
썰물처럼 쓸려가는 그리움들

첫사랑 언저리에
아직도 남아있는 그리움
애틋했던 그 시절 차마 잊지 못한 채
중년의 삶에도 지워지지 않는 그리움조차
세월에 잠긴 시간

늘, 그리워하던 추억들도
더는 오를 수 없는 담쟁이의 속마음으로
기울어지고.

그리움 속으로 남아...
가을 차 한 잔에 지난 시절
남겨진 추억 한 조각 섞어 마시면서
그리워하는 그때 그 시절이 있어
행복해하며

실루엣처럼 어른거리는
빛바랜 솜사탕 같은 추억들 어디에 있나
어디로 갔나...

낡은 공책 바라보며 한 페이지 넘기면서
이슬 맺힌 눈가에 가득 찬 그리움으로
그때 그 시절이 아롱지어라
그들이 ~ 보고 싶다.

가을

국화꽃 향이 그리워지는 계절 사이로
남겨진 추억을 다듬는다

코끝에 남겨진 추억을 건드리면
잔바람에 날리는 기억들이
돌아서 오지 않을까

가슴에 남아있는 그리움이
비늘 진 물결을 따라 꽃향기 싣고

물들인 저녁노을을 따라
깊어가는 가을밤에 그리워지네

내가~ 사랑했던 사람들.

길섶에 핀 코스모스

하늬바람 불어와 풀잎 뉘고
햇살 한 아름 안은 코스모스

높은 하늘 지나는 새들 바라보며
상추 한날에 새들의 노랫소리에 흠뻑 취해

바람결 따라 흔들리며
내 눈은 어느새 하얀 나비 훨훨 날아
춤추는 코스모스 사이에 앉아

벌들의 속삭임 소리에 귀 기울이며
그대가 부르는 소리 들으며

길섶 옆 가을바람에 흔들리며 피어난
코스모스 길 따라 그대 향기 느끼고

구름 한 점에
그리움 가득 찬 내 마음 실어
한들거리는 코스모스 꽃잎 바라보며

제비 떠난 텅 빈 둥지 바라보는
내 허전한 마음에 씻겨 지는 외로움

그리움 가득 찬 구름도 내 마음 아는가 보다
저 언덕을 바쁘게 앞서는 모습을 보니.

빨간 우체통에 담긴 그리움

빨간 우체통에 쌓이는 낙엽들이
가을을 타는지 울적한가 보다

가을비가 계절을 타고 눈물처럼
그늘진 자리에 내려와 소리 없이 운다

낙락장송 아래 이끼 낀 바위에 앉아
하염없이 눈물처럼 흘러내리는 가을비

아침 이슬 맞으며 촉촉해진 길 따라
물망초 떠 있는 그곳에 닿으면
더욱 그리워지는 그리움

가을비 내리는 덕수궁 돌담길에는
영원히 내 가슴에 남아있는 첫사랑

빨간 우체통 속에 있는
그리움 가득 채운 가을 편지처럼
오늘도 그곳으로 그 길을 따라 걷고 싶다.

노을 지는 서쪽 하늘

해지는 노을을 바라본
서쪽 하늘이 이토록 아름다운지

검스레 한 갯벌의 저녁놀에
달구어진 조개들의 입맞춤이
이토록 비릿한가

코끝을 찌르는 듯한
바다 냄새는 살아 숨 쉬는
갯벌의 향기를 노을에 담금질하고
붉게 물든 하늘로 날아간다

이곳은 언제나 우리를 기다린다
너와 나만의 발자국에 드리워진
그 길을 따라 함께 웃고

노을에 비추어진 깍지 낀 손가락이
그림자 따라 길게 하나가 되어
노을이 끝나는 저곳을 향할 때쯤

금빛 저녁노을에
너와 함께한 이 순간은
별이 되어도 영원히 잊지 못할 거야.

낙화풍

긴 고랑에 잔홍이 뒹굴고
갈산이 붉은 노을에 타들어간다

한 계절 쉬 가려고
봄부터 그토록 하얀 밤을 태웠나

궁추에 낙화풍 날리니
꽃향기 짙은 갈바람이
또 한 계절을 사이에 두고 돌아선다

추풍에 가을이 떠나도
내 가슴에 남아있는
계절은 영원히 지워지지 않으리라.

가을 연서

가랑비 날려와
가랑잎 한잎 두잎 떨어지는 날
촉촉해진 눈가에 그리움 가득 쌓이고

발목까지 쌓인 낙엽
가을바람에 가랑잎 날리는 날
빨간 연서에 작은 그리움 태워 보내리라

베고니아 향기와
메리골드의 꽃향기를 안고
한 장의 달력과 작별해야만 하는
아쉽지 않은 계절이 어디 있으랴만은

돌아서는 계절을
어찌 막을 수 있으랴
푸르름을 태웠던 육신의 아픔도
어제와 같은 열정이 또다시 온다 하여도

새소리 떠난 지금
그물을 벗어난 바람처럼
가을을 파낸 자리에 소리 없이
내 여백을 채워준 그리움에 연서를 띄웁니다.

가을 연가

가을비 내려와
가랑잎 누운 자리에 머물렀습니다

후드득 툭 툭
떨어지는 성긴 빗소리에
가랑잎의 슬픔이 녹아내립니다

가을비 내려와
겹겹이 쌓인 가랑잎에 숨어
지난 계절 그리움을 훔치려 합니다

잊을 수 없는 추억
지울 수 없는 기억
버릴 수 없는 시간

가랑잎 사이사이에 숨어
채우려 합니다

가을비 내려와
잎새처럼 아파하는 마음

돌아올 수 없는
기다려도 오지 않는 사람을

가을비 내리는 날에
빗방울 사이에서
사랑의 미로를 불러봅니다.

가을길

나른함이 무료함을 밀어내는 시간
햇살이 놀러 와 바람을 굴린다

행길에 늘어선 가로수
휑한 나목들 사이로 돌아선 계절

허전함에 뒹구는 낙엽이
쓸쓸한 가을 길을 채우고 있다

어느 날 다 떨어진다 해도
바람에 날아간다 해도
내 눈에서 사라진다 해도

내 가슴에 긍률한 마음이
언제나 함께한 가을 햇살이
잠시 머문 가을길을 따라가리라.

가을 그리고 이별

계절의 끝자락에 머물러
아쉬움을 참지 못해 끝내 울어버린
가을비

촉촉하게 젖어 드는 나뭇잎 사이로
향기로운 가을이 계곡을 타고
서서히 아름다운 계절과
이별을 하려 합니다

이젤에 걸린 가을은 아직 끝나지 않았는데
갈색의 물감은 아직 조금 남았는데
어디로 가려 하는가

우린 아직 이별을 준비하지 않았지만
떠나려는 계절이 아쉬워서
하늘마저 우는 걸까

창가에 비가 그치면 떠나려는 계절과
아쉬운 작별을 하여야 하겠지

또 다른 계절에 묻힌다 하여도 가슴한켠
내 마음에 수놓은 아름다운 계절은
그리움으로 물들어가겠지

슬픔도 그리울 때처럼.

계절과 계절 사이

이 계절이 지나면
나는 또 어떠한 기억이 남을까

창가에 쏟아지는
햇살을 한 아름 안고 얕은 잠에 숨어든다

꿈 나래를 펴고
구름 위를 나는 몽롱한 시간
나는 비로소 깃털의 가벼움을 느낀다

지난가을
윤슬에 날아오른 갈대꽃
늦가을 바람에 날아간 민들레 홀씨가
구름 꽃 되어 반기네

별빛이 흐르는 강물에 내려앉은 그리움
두 눈에 이슬 맺힌 기억이 살아나
얼굴을 붉히네

계절과 계절 사이
저 하늘 가득 고인 슬픔이 빗물이 되어
쏟아지지 않을까

계절은 그렇게 아픔을 주고 가는 게지
봄 향기 가득한 이 계절은 또 어떤 설렘을
가져다주려는지

나는 또다시 안개에 쌓인
계절과 계절 사이에서 어떤 그리움을
간직하고 어떠한 추억을 남길까.

쓸쓸하고 허전한 날에

순간 허전함이 밀려오는 까닭은 무엇일까?
보이는 건
모두가 나를 지나친다는 것,

세월도,
시간도,
추억도,

그리움이 되어
하나둘 떠나는 쓸쓸한 계절
세상의 이치가 돌고 돌아 다시 온다 하여도

삶의 이치가 그러하듯
스쳐 지나간 바람은 바람일 뿐
내 것이 아니지 아니한가,

덜렁 놓아버린 순간들을 모아
동산을 만들고 추억을 깔아
더듬어본들 만져질까?

이때쯤이면
늘 생각나는 그리움
상흔에 남은 꼬꼬지한 추억
배회하며 자아성찰 해보는 시간

훅 밀려드는 잔인한 계절에
시간 흐름을 저울질해본다
어느 시점에서 기울어지고
어느 곳에 정점이 되었나

오늘 또다시
삶의 허전함이 밀려오는 까닭은 왜.

시인의 가을

가을비 내리는 쓸쓸한 거리
빛바랜 낙엽만이 바람에 날리고

가을비 맞으며
한잎 두잎 낙화하는 낙엽
작은 옹달샘 아롱대는 물그림자에
살짝 내려앉아 쉬어가고

만추에 영글어가는 가을
실안개 솟아오르는 깊은 계곡 사이로
물들어 가는 상엽 진 가을 잔상이
상흔하다

가을엔 삼라만상의
모든 일이 감성의 주머니에 담아
만물이 지나는 길목에 뿌려야 하는

시인의 슬픈 천명이
어찌 이리도 외롭고 쓸쓸한 것인지
모든 것을 주워 담아야 하는 계절에

가을비 내리는 터미널,
추억여행 떠나는 시외버스 차창 밖
가을 풍경이 쓸쓸하게 보이는 건

지난 기억들이
긴 터널 속을 빠져나온
지난 연정의 잔상이 남아서일까

외로움 타는 허전함에
창밖 풍경이 수채화처럼 지날 때
느끼는 그리움 속에서.

둥실둥실 띄우는 편지

하늘 강변 언저리
노을에 가려진 햇살이
만봉에 물든 하늘을 태우고 있다

달리다 만 바람이
강물에 띄운 낙엽에 앉아
둥실둥실 뭉게구름에 편지를 쓴다

묏부리에 걸린 구름아
조금만 기다려 주면 안 되겠니
내 임 그리움 담긴 편지 태우고 가려무나,

해 질 녘 물그림자
일렁이는 엷은 파동의 물결이
어둠이 진 자리 황혼의 끝을 향한다

언제쯤 그대 그리움이
뭉게구름 타고 둥실둥실 오려나
아침 햇살 한 줌 떠오르면 볼 수 있으려나.

하늘이 주는 땅의 선물

하얀 눈이
아름다운 건 소리 없이 찾아온
겨울 풍경이 아름다워서일까

테라스가 예쁘고
개여울이 보이는 창문에 앉아
이 겨울에 찾아온 쓸쓸하고 허전한 마음
아메리카노 한 잔이 담긴 찻잔을
두 손으로 감싸봅니다

개여울에 비추는 설경
아직도 바람결 따라 쓸리는 갈대의 몸부림
하얀 갈대꽃마저 높새바람에 하나둘 날아가고
서릿물이 되어 흘러내리는 갈대의 줄기는
하나둘 꺾이어 도절 되어간다

하늘이 주는 땅의 선물
하늘 빗살 열고 내리는 하늘 꽃이
천사의 날갯짓에 솜털 같은 눈꽃 송이가
내 얼굴에 다가와 스르르 눈물이 되어
내 가슴속으로 숨어든다.

그 겨울의 시작

서산에 지는 해
끌어안은 금빛 노을이
짙은 향기를 담고 취한 듯
가을이 담긴 돛단배에 실려 갑니다

이때쯤이면
들려오는 삭풍의 소리가
해거름 타고 늘솔길 따라 들려옵니다

그 깊었던 계절이…
불러도, 불러도… 못 들은 척
상엽 진 낙엽이 언저리에 묻히려 합니다

갈잎을 태운 계절
숯불처럼 타오르던 단풍이
알몸 가지만 남겨둔 채 식어만 갑니다

그 겨울이
시작되는 하얀 노트에
우글거리는 시어들이 또와리를 틀어
첫 장에 오르려 합니다

그렇게
초겨울의 새벽 열차는 지금 출발합니다

하얀 그리움

두 손 살포시 포개어
가려질 수만 있다면 그리움 또한
잊힐 수 있지 않을까

가슴에 박힌 찔레꽃 향기는
새벽마다 날아들어 가슴앓이 하며
이른 새벽 작은 호수에 떨어진 별을 세며

몇 날이 흘러갔나
연정에 쌓인 그리움
다솜 한 사랑에 추억만이 맴돌아

일렁이는 윤슬에
물수제비 띄워 화연에 잠기고
찔레 향 머금은 열매 위로

어느새 첫눈 내려
하얀 눈 속에 그리움 가려지고
봄이 오는 길목 찔레꽃 위에

눈물 한 방울 섞어
그대 그리움 녹여 하얀 그리움 쌓인 하늘
그곳으로 종이비행기 띄워봅니다.

슬픔도 그리울 때가

오늘도
그대 떠난 자리
무심한 세월에 벗겨진
빛바랜 벤치는 오랜 세월
묵묵히 그 자리에서 기다린다

문득
그대가 보고 싶다
세월이 가고 계절이 변해도
마음에 새겨진 추억은 영원히
지울 수 없는가 보다

연정으로
바라보는 벤치에
하얀 눈 내려와 지난 기억에
하염없이 쌓입니다

슬픔도
그리울 때가 있는 것처럼
눈 내리는 잿빛 하늘만 바라봅니다.

서리

겨울이 창문을 열고 들어온다
가을에 남아있는 그리움에
서리가 내리면 지워지는 얼굴

세상이 하얀 겨울밤
상아를 닮은 너의 모습 지워질까
창문에 하얀 달을 그렸지

겹겹이 쌓인 추억이 지워질까
사랑한다는 말이 지워질까
바람에 실려 온 언어를 주워 담았지

밝아오는 동살
여명이 밝아오고 성에 낀 창에
서리가 눈물처럼 흐르니
명치끝이 아려온다

겨울이 창문을 열고 들어와
바람난 겨울이 시린 가슴에 머문다.

싸락눈 내리는 날

싸락눈이 조용히 뒤뜰에 쌓입니다
꽃잎 진 서적에 꽃무덤 되어 상흔에 쌓이고

싸락눈 사이로 조금씩 가려지는
건화의 모습 이제 이별하려 합니다

가야함에 오는 게 있는 것처럼
마음에 남은 들꽃 향기는
이제 따듯한 차 한 잔에 담아

보랏빛 행복했던 순간을
별이 머문 내 가슴에 심으려 합니다

날 선 바람 따라 날아온 겨울 철새들
싸락눈 내리는 잿빛에 그을린 하늘빛 울음

해거름 아쉬움에 허공을 맴도는 새들의 군무

별 강이 흐르고 바람도 쉬어가는 시간
윤슬에 허전한 내 마음 달래주는 빛살

올해도 싸락눈 내리는 날
새들이 유영하는 저 하늘을 바라봅니다.

첫눈

마른 숲 나뭇가지마다
살갗이 벗겨지고
구름 사이로 흰 달이 진다

햇살이 가난한 겨울 바다에
순백의 눈꽃 송이가 날린다

가을이 남기고 간
흔적을 지우려 하는가

속살이 간지러운 빗살이
낙엽 진 거리를 배회하고

바람이 너울을 타고
날리는 눈꽃 송이가
추억을 소환하려 합니다

하얀 바람 지나는 계절에 서서
뒤돌아보는 발자국들

희미하게 멀어져 간 그리움이
첫눈을 타고 내려옵니다

내 마음도 그 시절 추억이
소복 소복이 쌓입니다.

하늘꽃(天花)

마른 개울에
상화 피어오르고

철 지난 갈대숲 사이로
해오라기가 졸고 있다
눈이 오려나

마른 들꽃이
시린 바람에 떨고

하늘 향한 갈대가 하나둘
도절되어 허리를 접는다

짧아진 산 그림자가
해거름 개울을 건너고

일학이 바람과 날아오니
강변에 눈이 오려나 보다

동네 한 바퀴 돌아오는 산책길에
살포시 천화(天花)가 내린다.

시린 겨울

그 겨울이
이젠 가려나 봅니다
뒤돌아선 모습이 앞선 바람에 채인 듯
나열된 구름이 인사도 없이 산등성을 넘어갑니다

바람에 뉘어버린 풀잎
하릴없이 일상에서 숨어버린
새싹들이 조심스레 겨울잠에서 일어나 봅니다

저 멀리
봄과 함께 들려오는 종소리가
침묵에서 벗어나 계절의 균열 속으로 든다

지난해 봄
움푹 패인 발자국에 채워진 낙엽 사이로
새싹의 움트는 소리에

내 안의 깊은 곳에서
가슴이 터질 듯한 감성을 밀어내고 있다
내 안에 쌓인 겨울이 가려나 보다.

홀씨

밤이슬 쉬어간 자리
뜨락에 솟아난 들꽃 한 송이
한줌 햇살에 샤워를 하고
바람에 홀씨 되어 하늘과 땅 사이에서

숨바꼭질하며
하늘벽 물들인 저녁노을에
살포시 내려와 틈 사이로 숨어든다

긴 겨울 끝자락
하늘 꽃 내려온 대지에
알몸 가지 내려와 편지를 쓴다
봄이 오는 소리 저 멀리서 들려온다.

* 2019년 서울시 지하철 스크린도어 시 공모 당선작

겨울을 타나 봐

물무늬 햇살 아침 날개에
상고대 피어오른 앞 산이 나를 부르고

낙목한천에 상엽진 낙엽
겹겹이 쌓인 산길에 다람쥐 벗 삼아
장끼의 훼치는 소리가 땅울림이 되어

삭풍에 긴 겨울 지난
서릿바람이 땅 아래 숨어드니
석경에 돌아앉은 생태의 푸릇푸릇함이

물 오름. 달 봄을 시샘하듯
바람에 밀려온 잿빛 구름의 스산함이
하얀 세상에 쌓인 하늘 꽃을 그리워하네

지난겨울 소복이 쌓인 하얀 눈길에
러브스토리 영화와 같은 하얀 세상에 누워서
거꾸로 보는 세상이 그리운 것은

아마도 내 마음도 어느새 겨울을 타는가 보다
내 안에 너 있는 것처럼.

하늘 꽃

세상이 잠든 고요한 밤하늘
하늘 빗살 열려 만강(萬康)이 하늘 꽃이 나린다

소록소록 말없이 쌓이는 하늘 꽃
이제 첫눈 내리는데
이제 찾아온 겨울인데
벌써 봄을 재촉하는 듯
어찌하여 이토록 따듯한 모습일까?

시샘 바람에
하늘 꽃 결 따라 날리고 결 따라 쌓이는
이 아름다운 새하얀 순백의 결정체를
첫걸음에 한 아름 안으니 천사의 팝콘
하늘 꽃이 내 몸속으로 들어온다

여명이 밝아오는 잿빛 하늘에 슬픈 점들이
천 봉을 가리고 만 봉을 덮으니
온 세상 하얀 마음 담은
하늘 꽃물이 녹아

모든 이의 몸속으로 스며들기를 바라며
순간 바라보는 하늘 꽃 나리는
이 계절이 아름답다.

겨울이 지나는 거리

햇살이 산란하는 창가에 앉아
겨울이 지나는 거리를 바라봅니다

햇빛 사슬이 내 몸을 감싸고
온몸으로 따사로움을 묶는다

내 눈은 하늘 빗살 내려앉은 찻잔에
흐르는 향기에 두 눈을 감고

하늘 끝자리에 매달린 구름 타고
겨울 여행을 떠나려 합니다

그리움 따라 지난 계절에 뿌리박힌
마음을 꺼내어 햇살 가득 채운 안개숲

하늘 강변 조용한 음악이 흐르는 찻집
햇살 드는 창가에 앉아 따듯한 차 한 잔에

나 있는 그대로의 모습으로
지난 추억에 남겨진 그리움 따라
겨울꽃이 피어나는 거리를 바라봅니다

슬픔도 그리움도 지나는 거리에 서서.

겨울비 내리는 찻집에서

한 겹을 벗기면 보이려나 내 그리움이
두 겹을 벗기면 보이려나 그대 향한 그리움
세 겹을 벗기면 보이려나 사랑했던 내 마음
모두 벗기면 보일듯한 다솜했던
내 그리움들

이렇게 겨울비가 오는 날
창문에 어리는 그대와의 거리
비와 찻잔이 엉켜버린 공간에서
내 가슴에 아릿하게 아려오는 이유는
서적에 쌓인 그리움 때문일 거야

이렇게 겨울비가
시나브로 내리는 날에는
따듯했던 너의 마음이 왜 이리 생각이 날까
수줍은 듯 미소 짓던 네가 왜 또다시 그리워질까

함께 했던
그 겨울비 내리던 찻집에 앉아
언젠가는 다시 올 그날을 위해 겨울비가 오는 날
오늘도 이곳을 찾아
텅 빈 그 자리에 앉아 그대 그리워하네.

해동된 하늘이 바지랑대에 널려있다

서리 맺힌 풀꽃이 한 섶 두 섶 기대어
온몸을 틀어 스러져 누워있네

자연의 순리 피고 지고 거두어지는 목리
고목의 그림자마저 사라진 듯

말없이 흐르는 저 강은 하늘이 주는 선물
흘러간 세월을 돌이킬 수는 없지만

계절 사이사이로 질량의 기본이 단절되고
보편화된 진리를 초월한 순간에

하늘을 이불 삼고 땅을 요로 삼는
(天衾地席)천금지석

달을 등불로 삼고 구름을 병풍으로
삼는(月燭雲屏) 월촉운병

산 넘고 물 건너
만상이 담긴 계절 씻겨 지는 세월이
해동된 하늘을 바지랑대에 받쳐서
아침 햇살에 널고 있다.

12월

한 장 남은 달력이
어느새 입김에도 날리고
얇아진 공간을 무심히 바라봅니다

윤회(輪廻)의 흔적
반쯤 묻힌 시간을 따라
상엽 진 낙엽을 밟으며 걸어봅니다

짓궂은
바람이 지난 자리
앙상한 나목의 마지막 잎새가
날리다 떨어지는 슬픔에

시린 겨울 찾아와
머물지 못한 계절에 건화 되어
하나둘 지워버린 들꽃처럼

수없는 날들이
그리움에 타버린 시간들과
혹 지나가는 아쉬움의 흔적들이

어쩌면
마지막 남겨진 12월에
매달려 떨고 있는 것은 아닌지.

겨울 햇살

햇살이 튕기듯 날아가고
빛의 줄기가 바람에 날리듯
온 누리에 피어오릅니다

겨울 햇살이 구름에 가려 졸고
바람에 지워진 기억이
잠든 시간을 깨우고 있네요

한 해의 끝자락에 서서
바람에 날려온 시간
기해년(己亥年) 매듭 달이
빛의 속도로 서산에 기울어집니다

잘 구워진 갯벌에
저녁노을이 담긴 윤슬
채울 수 없는 낡은 기억들이
하나둘 비우며, 지우고 있습니다.

내 지난 추억도
함께 지워지려나 봅니다
여울지듯 물그림자에 아롱집니다.

해 오름 달 (1月)

한 젓가락도 안되는 햇살과
한 뼘도 움직이지 못하는 바람이
솟대 위에 앉았다

한 숟가락도
안되는 구름이 모여
능선을 타고 오르다 사라지고

구름이 벗겨진 산마루에
햇살이 찾아와 관조한 마음으로
추운 겨울을 휘젓는다

해 오름 달
첫 장이 펄럭이는 공간에
1月 3日이란 하루의 첫차를 탄다

옥설에 날아든 잎새
석경에 쌓인 겨울을 털어내고
간지러운 한 줌 햇살을 껴안는다.

세초에 부는 바람

동풍에 나룻배 흔들리니
꿈길 속 심랑의 물결이 치누나

천길만길 하늘길 따라 구르다
구천동에 이르니 남은 천 리 길이 아쉽구나

산 아래
바람이 치는 교회당 종소리에
구름조차 쉬어가는 깊은 산골 마을

계곡 따라 흐르는
개여울 소리가 곡조 소리와 어우러져
내 가슴 깊은 숨결에 와닿는구나

춘 면에 깨어나
만물이 요동치는 소리
개울 돌 틈에 작은 송사리 떼들
윤슬에 햇살 드는 살얼음 아래 모여드니

닫힌 긴 겨울의
사립문이 조금씩 열리니, 봄을 부르는가 보다
세초의 바람이 훈훈한 걸 보니.

비움과 채움

산책길 또랑에 서리꽃 안개가 자욱하다
심장이 멎은 듯한 살얼음 속 물길

바람도 잠들은 시간
서리꽃 솟아난 피안의 세계
무언의 침묵이 순간 적요에 잠긴다

혼몽에 무엇이 오고 무엇이 지났는지
무엇이 사라졌는지 무엇이 스치고
날아갔는지 모른 채

이념과 사념 사이에서
세상의 어둠이 혼을 벗는다
상념의 시간 깨달음이 편린이 되어

하늘과 땅 사이를 비우니
깃털의 마음에 서리꽃 날려와
허공에 비워진 마음을 채우려 합니다.

지움

봄이 오면 쌓이는
지난 계절의 그리움
저 산에 묻힌 서적들이
흘러가는 구름처럼 바람에 실려
우리네 인생도 흘러가는 것

스쳐 간 인연에
떠도는 바람처럼 가끔은
생각나는 그리운 사람들과의 추억

먼 곳을
돌아 나온듯한 기억들이
하나둘 지워지는 안타까움이 밀려와
애써 지우려 하지 않아도

계절은
또다시 찾아오고
꽃은 피고 또다시 진다 해도
내 기억에 잠시 머물다 갈 뿐 남은 것이
내 것이 아닌 것처럼 지나가는 것

저 산은
오늘도 나를 부르고
쌓인 그리움 찾아가라 하네
이제 낡은 서적은 지워야 하나
허울뿐인 육신의 삶을 어떻게 지울까.

마음

이곳저곳을 기웃거려 봅니다
행여 놓아버린 마음이 있나 하여
버려진 마음 하나가 내 마음과 합쳐

지금보다
더 큰마음을 줄 수 있길 바라며
나눌 수 있는 마음 하나 주워들고
힘들고 아픈 이들에게
조금씩 보여주고 나누었으면 합니다.

가을 따라 마음이 굴러갑니다
차가운 계절이 오면
내 심장에 데워서
따듯한 마음을 보내주고 싶습니다
내게로 오세요

두 손으로 감싸 안아
그대 가슴에 담아 드릴게요
마음 아려하지 마세요.

여운이 남긴 그리움

그대 가슴에 안고
달려온 시간 내 그리움은 어디에

기다림에 지친
시간 속에 머무른 그 자리에는

민들레 홀씨 되어
철새의 깃털에 묻어

낯선 대지를 향해 훨훨 날아
머나먼 여정 날아가면 잊히려나

그곳에서도
내 생각날까?

여운이 감돌아 잊힌 시간에
잠시 머물러본다

슬픔도 그리움도 잊은 채.

세월이 지난 빈자리

허공을 스치는 바람도
하늘을 나는 새들도 지나고 나면
모두가 텅 빈 자리

흔적조차 지워져 버린 자리에
일렁이며 다가오는 낡은 기억 한줄기

어쩌다 생각이 나면
때로는 그리울 때도 있겠지
때로는 보고 싶을 때도 있겠지

텅 빈 자리 홀로 남아
이념과 상념 사이에서 흔들렸던 시간과
한 줌 흙으로 묻히는 상엽진 낙엽을 바라보니
눅진한 골짜기에 피어난 여라(이끼)만 못하구나

계절이 가도 세월이 가도
텅 빈 자리에는 무엇이 남을까
채우지 못한 한 조각 그리움마저 물거품처럼
사라지면 어쩌나

슬픔도 그리움도 떠나버리면 어쩌나.

사랑하는 사람과의 거리

내 사랑하는 이와의 거리는 얼마나 될까
내가 사랑하는 사람의 마음도 나와 같을까

깊이와 거리를 잴 수 없는 마음
한 뼘일지 한걸음 일지
혹은 보이지 않을 수 있지만

먼 곳을 돌아 나온 바람이 전해주는
그대의 향기는 잴 수 없는 거리일지라도

나 오늘도
그대를 사랑합니다
설령 그대가 날 잊는다고 해도 괜찮아요

그대는 이미 내 마음에 저장했으니까요
그대의 사랑이 시들어 멀어짐이
한 뼘이든 한 발자국이든 괜찮아요

그대 향한
나의 사랑이 끝이 없으니까요.
행여 돌아올 때는 내 사랑 거리보다는
더 길고 깊어지길요.

별바라기

별자리가 움직인다
기울어진 달그림자에 숨어
구름에 가려지길 바라는 이 밤을 지나

여명의 빛으로
능선이 그어지는 시간
오늘이란 시간에 하루가 피어나고

아쉬움. 남는 이 밤이
늘 준비된 이별이거늘
헤어진 뒤 바라보는 밤하늘은
언제나 짧은 시간이 아쉬워하는
별바라기가 된다

마법에 걸린 별바라기는
그대 모습 닮은 구름에 편지를 쓰고
바람에 주문을 겁니다

내일도 그리워하는
내 마음 전할 수 있을까?
오늘 밤도 별을 헤아리던 그대를 생각하며
별바라기가 되어 그대 모습 사라진
밤하늘만 하염없이 바라봅니다

슬픈 하늘에서 그리움 떨어질 때까지.

인생

선술집 구석진 자리
짠 내음 바다 향기에 취해
밀물과 썰물이 지난 곳 바라보다
가끔씩 밀려오는 저 하얀 그리움은 무엇일까?

보이는 것이 아닌 세상은 깨달음을 모르고
혼자 걷는 이 길은 늘 외롭고
어둠 속에 묻혀 있는 것과 같다
세상에 묻혀 살아가는
모든 것들은 빛을 그리워하며
어둠 속에서 헤맨다

햇살 한 줌이
따스함 속에 묻어나는 시간은
늘. 향기 속에 피어나는 아름다움이 아닐까?
모든 것이 주우며 살아가는 것이다
그것이 인생이다

슬픔도 그리울 때가 있는 것처럼.

첫사랑이 주고 간 그리움

첫눈에 새겨진 자리
나에게는 오랜 추억을 안고
긴 세월을 가슴에 품고 살아온 또 하나의 이야기

첫사랑이란 단어가 이토록 오랜 세월 지나도
내 마음에 담겨 있을 줄이야

세상에 처음 나와
첫 울음으로 태어나 세상을 향한 첫걸음을 떼고
몇 계절 수년이 지나
하얀 얼굴 솜털 날릴 때쯤

첫 줄에 앉아
첫 장에 새겨진 내 이름 보여준 처음 만난 짝꿍
그날 내리는
첫눈을 함께 밟으니 그때가
첫사랑이었음을,

정들자 이별
훗날 이민이라는 짧은 단어가
이토록 오랜 세월 아릿하게 그리움으로
가슴에 남을 줄이야

오늘따라 하늘 꽃 나리는
잿빛 하늘이 슬프게 보이는 건
설핏 지나치는 그리움 때문일 거야
문득 생각날 때마다
하늘 궁 허공 속에 한 번씩 불러보는
지금도 기억나는 첫사랑 이름 ~ ㅇㅇ아!

이순이 지난 지금도
첫눈이 오면 그날처럼 그곳에 앉아
달보드레한 커피에 그 시절을 회상하며
겨울 바다 밀려오는 파도에 모래성 쌓아
일렁이는 너울성 그리움에 흩어진
그리움 주워 담는다
슬픔도 그리울 때가 있는 것처럼.

아름다운 동행

인생의 동반자
때로는 남과 같은 내 사람
늘 내 곁에 머물러있는 그대 그림자

동살 떠오르는 아침
햇살 한 줌에 산소 같은 미소
늘해랑 내겐 다소니 한 그녀가

눈을 뜨면
늘 곁에서 미소 짓는 얼굴
어떠한 일에도 늘 내 편이 되어주는 그녀

내 삶에
길잡이가 되어준 그녀
덕수궁 돌담길 가로수 아래
낙엽 밟으며 미래를 꿈꾸었던 그녀가

이제는 어느새
희끗희끗 서릿발 내린 중년이 되어
소녀의 감성으로 찾아온 이곳에서의
추억 쌓으며 뒤돌아보는 그녀가

황혼빛에 물든

은빛 머리 쓸어 올리며

돌담길에 내려앉은 노을빛 바라보는

그녀의 모습에, 눈시울 붉어져 텅 빈 하늘에…

그대와

아름다운 삶을 동행한 세월에

미소 짓는 그대가 있어 행복하였노라

전해봅니다.

사람의 향기

미지는 늘 설렘이다
약간의 흥분이 온몸을 휘감는다
나를 늘 긴장하게 하는
떨림이 전신을 타고 흐른다

낯선 이들과 만남
모습이 다르고 언어가 달라도
표정으로 함께할 수 있으니 가까워지고
온몸으로
서로의 향기를 맡을 수 있고
느낌으로 희로애락을 나누는 사람들과
정들었던 순간도

태어난 곳을 본능으로
찾아 오르는 연어와 같은 우리도
보금자리를 찾아야 하는 헤어짐의 아쉬움이
만남과 스침의 공간에서
또 다른 만남을 기대하며 떠나야 하는
우리의 삶

어쩌면 그리움으로 가득 채워져
사람의 향기를 그리워하는 것이 아닐까
만남은 늘 아쉬움이 남지만
늘 생각나는 그날의 추억이 아직도 여울지네.

자아

오랜 사념에 잡혀
이념의 질량을 견디지 못해
하늘 무게에 눌린 채 어둠을 껴안고

빈 공간에 머물러
햇살을 거부한 채
삶의 언저리에 맴돌아 살아온 날
촘촘히 눌린 벽지 사이로 피어난 곰팡이

텅 빈 내 머리에 맴도는
나락의 씨앗은 끝을 알 수 없는
크레바스와 같은 깊은 수렁으로 빠져들고
싯귀 한줄 꿰매기 힘들 때

바람조차 갈길 없이 막혀버린 동굴 속
박쥐처럼 어둠을 헤맨다
이념을 저버린 설움

한 조각 꿈들이 상념에 잡혀 도절 되어
상처 난 기억들이 공허한 시간 속에
먼지가 되어 날아다닌다
아~ 이걸 어쩌나.

종로 3가 15번 출구

기다림은 늘 설렘이지
누군가를 기다린다는 것은,
머리에 더듬이가 세워지고
두리번두리번 두 눈이 말초신경 따라
돌아간다

오고 가는 사람들 표정들은 다르지만
같은 마음으로 이곳을 찾지 않을까
기다리는 사람도 떠나가는 사람도
모두가 내 소중한 인연인 것을
걸어가는 사람도 뛰어가는 사람도 모두 다

인사동 거리에는 오늘도
문인들과 종합 예술인들의 만남
종로 3가 15번 출구에 가면 만나리라

해거름에 비친
조금은 먼 곳에서의 낯익은
반가운 얼굴들이 하나둘 보이기 시작한다

그래!

지금 보이는 사람들이 반가운 것처럼

아스라이 기억 저편으로 멀어져간 사람보다

15번 출구에 서 있는

우리가 함께 가야 할 사람들이지

아주 먼 저 길 끝나는 곳까지

손잡고 갈 사람.

보고 싶다

텅 빈 자리 쓸쓸한 그 벤치에
사연 듬뿍 간직한 채 비바람에
이리저리 쓸려 남아있는 낙엽들

그리움 깔린 낙엽들만
옹기종기 모여 추운 겨울 지내고

무심한 세월에 벗겨진
빛바랜 벤치는 오랜 세월
묵묵히 그 자리에 남아 그들을 기다린다

나 또한 그런 그가 보고 싶다
세월이 가고 계절이 변해도
마음에 새겨진 그 추억은 영원히

지워도 지워지지 않는
마음에 숨어있는 지우개 없는
칠판인가 보다

마음 따라 걸어온 이곳에서 바라보는
벤치에는 새벽이슬만
텅 빈 자리 지키고

지나간 추억만이 돌고 돌아
볼 수 없는 그리움만 쌓인 채
뒤돌아서는 아쉬움에 스치듯 번지는
그대 모습을 바라봅니다.
허공 속에

슬픔도 그리울 때가 있는 것처럼.

미안한 마음

스치듯 지나는
만남인 줄 알았던 그날
운명처럼 다가온 순간인 줄을 그때는 몰랐다

처음 들어본 사투리에 정감이 가고
나의 말에 많이 웃는 그녀

내가 살아온 부모 형제와는
다른 느낌으로 다가온 그녀

눈썹에 콩깍지 붙이고 다니던 시절
그때는 몰랐네

수십 년이 지난 지금에서야
차라리 스치지나 말 것을

이렇게 좋은 사람이
이렇게 아름다운 사람이
이렇게 착하고 귀한 사람이

나의 작은말 한마디에
평생을 믿고 따라오고 함께하여준
당신이 안쓰러운 건 나를 만나서 인가보다

더 잘해주지 못함을 미안해하며
늘~ 부족함에 더 미안해하고.

돌아보면 온통 나만을 위해 살아온
세월에 아쉬움 가득하여 이제 와서
그대를 생각하며

글에다 쑥스러움을 타서
미안함을 커피 한 잔에 섞어
지난 시절에 고마움을 마셔봅니다.

돌지 않는 풍차

세월이라 했던가
유수라 했던가
유수같이 흘러간 세월에 잊힌 시간

가슴속 빗장 열어
햇살에 비출 수만 있다면
질퍽했던 삶 꺼내어
강가에 처진 나목에 매달아
하나둘 매달아 말려볼 수만 있다면

바람이 죽어 돌지 않는 풍차에 걸터앉아
거를 수만 있다면
지울 수만 있다면

아쉬움. 남는 기억은 나룻배에 태워
사공의 노랫가락에 맞춰
저 강물과 바람이 시작되는 곳에서
구름에 매달려 흘러내리리라

그리움이 무엇인지
외로움이 무엇인지
모두 다 바람에 날리고 잊고 살리라
말없이 흐르는 물비늘 바라보며
옛살비 언덕에 앉아 겨르로이 살고 싶다

슬픔도 그리움도 외로움도 없이.

그래도

우리는 지나온 궤적에
힘들어할 때가 있지요

그래도 살다 보면
그 시절이 그립습니다

그래서 돌아갈 수만 있다면
그때로 다시 돌아가고 싶습니다

한참을 걸어온 것 같지만
아직은 갈 길이 멀다 합니다

그래도 살아온 날보다
살아야 할 날을 생각한다면

가끔은 이렇게 좋은
사람들과 함께 웃으며

멋있는 사람들과 함께
아름답게 살아가려 합니다

그래도 가끔은 그때를
그리워하며 살아가려 합니다.

내가 만약에

인생길 걷다 보면
흔적 없는 삶이 어디 있으랴
이미 허공 속에 내 마음 새겨진걸

지나온 삶이
온통 아쉬움뿐인데
그대 지운다고 지울 수 있을까
잊는다고 잊힐까

별꽃보다
아름다웠던 시간을
지나온 세월이 지울 수 있을까

이제 다시
돌아갈 수만 있다면
아쉬운 마음 캐내어 다시 한번 심으련만

노을 진 강가
하늘벽 물들인 저녁노을
해거름 길 들꽃 향기는 여전한데

내 그리운 임의 향기는 어디에도 없고
땅거미 진 거리에 내 긴 그림자만이
나를 따라오네

아쉽지 않은
삶이 어디 있으랴만
내가 만약에 그 시절 다시 온다 해도

나는 또다시
수많은 별 중 그 대별 찾아
다시 한번 그대와의 삶을 택하리라.

그런데 말이야

혹시 말인데
만약에 말이야
혼자가 된다면 말이야

나는 가끔
이런 생각을 해
네가 안 보이는 것보다
볼 수 없다는 게 더 아플 것 같아

좋은 시계보다는
고장 난 시계가 더 좋을 것 같아
늘 그 자리에 서 있으니까

만약에 말이야
거꾸로 갈 수만 있다면
시간을 되돌릴 수만 있다면
나는 혼자가 아닌 둘이 있는 곳으로
되돌아가고 싶어

그런데 말이야
나 솔직히 말이야
그날이 온다고 해도
눈물이 나올 것 같지는 않아
이미 그 생각만 해도 벌써 눈물이
바닥이 났으니까

그래서 말인데
나는 밥 없이 살아도
너 없이는 못 살 것 같아
내가 슬픈 건 혼자라서가 아니라
네가 곁에 없어서 슬플 거야.

나는 말이야

아무리 잊으려 해도
잊히지 않는 게 있다.

아무리 흔들어도
떨어지지 않는 게 있다.

아무리 지우려 해도
지워지지 않는 게 있다.

긴 세월이 흘러도
자꾸만 그리워지는 지나온 길
그 시절이 어찌 이리도 빨리 지났을까

사시를 넘어온 달님도
산등성이를 넘어온 태양도

구름을 밀어내는 바람도
애써 밀어내지 않아도 찾아오는데

계절 따라 떠난 사람들의 모습은
어찌하여 돌아올 줄 모르는가

이 비가 끝나면 햇살 타고 오려나
무지개 타고 오시려나

오늘은 왜 이리 생각이 나는 건인지
이것이 그리움이라면 말이야

나는 말이야
애써 지우려 하지 않으련다
지난해 발자취를 따라서 다시 한번
그 길을 따라가 보련다
나는.

아름다운 공간

지나온 시간에서 당신의 모습은
정녕 멋진 것이었습니다
비록 내가 그대 그리워하고
아픔을 나눌 수 있는 까닭도
사랑이었나 봅니다

작은 상자 속에서의 만남도
넘쳐나는 우리의 정이 쌓여
세월 속에 묻힌다 해도
오늘도 내일도 우리의
정이 듬뿍 담긴 탑을 쌓을 겁니다

그대의 모습에서
그대의 마음에서는
늘 향기가 피어오릅니다
나보다 더 나를 사랑한다는
그대의 진실을 느낄 수 있으니까요
눈을 흘기며 바라보던 오념도 있었지만
시간은 멈추지 않고 흐릅니다
당신이 보내준 사랑에 눈물이 되고
당신의 마음에 가시가 박혀서
아픔을 나누기도 하였지요

오늘 우리가 서로를 지나친다 해도
그대의 향기는 기억 속에 남을 겁니다
지나온 시간보다 남은 시간이
더 많은 아름다운 공간을 생각하며
멋진 우리의 시간을 소중하게 이어가길 바라며.

달로 가는 사다리

밤하늘 윤슬이 흐르는
몽환적인 도심을 걷는다

만월이 가득 찬 거리 달빛에 네온이 반짝이는 밤
헤다 만 별 수만큼이나 가득 찬 인파

어디서 왔을까
어디로 가는 걸까
저 달은 알고 있을까

갑자기 땅거미 질 때까지
숨바꼭질 함께한 녀석의 안부가 궁금해지는 오늘 밤

세상이 아름다운 건
수십 년 지난 저 달이 지금도
그때처럼 우리를 바라보고 있었지

앞집 오줌싸개와 옆집 하영이 누나
내가 함께 바라보던 저 달은
지금도 그 자리에 남아 있는데
어디에 있는지 안부가 궁금하구나

저 달은 알까 갈 수는, 만날 수는, 없어도
그 시절 친구가 보이는 저 달빛 따라
오늘 밤 달로 가는 사다리에 오르고 싶다.

영원(永遠)

잊은 줄 알았습니다
그때는 그런 줄 알았습니다
시간이 흐르면 떠내려간 줄 알았는데
빛바랜 추억이 생각날 줄은 몰랐습니다

머문 곳에 묻혀
세월의 무게에 눌린 줄 알았던 기억들이
고통의 무게를 깎아내고 시간의 틈에서
바람에 날려 올 줄은, 무뎌진 시간만큼,

흔들리는 이정표가 갈림길에 서 있듯이
이룰 수 없었던 인연의 혼돈 길에서
이제는 벗어나야 할 것입니다

다시 한번 찾아올 인연이라면
이젠 두 손을 꼭 잡고 잊힌 시간보다
더 오랜 시간을 함께할 것입니다
영원히.

23.5°

산 그림자
그려지는 새벽
눈발 흩날리는 창밖을 보다
살짝 기울어진 생각이 갸우뚱한다

더하지도, 빼지도 않은 영혼이
날개를 달았는지 하얗게 밀려오는
겨울 바다가 그려지고

함박눈 쌓인
분홍빛 진달래가 눈에 서린다

혼백의 넋이
23.5°로 기울어
돌아가는 지구본을 따라 돌아간다

빙점 0℃에 얼고 빙점 0℃에 녹아
무심히 공허한 세계를 벗어나
하루 중 가장 낮고 단단한 아침을 맞는다.

달빛에 어린 그리움

촉촉해진 눈가에
멍울멍울 이슬이 맺혀있다

그리움에 삼켜버린 눈물이
가슴에 남아 마음이 아려온다

어찌하여 고엽에 쌓인 눈마저
그리움에 녹아내려 상흔에 가려진
흔적마저 지우려 하는가

아직도
묏부리에 걸쳐 넘지 못한 흔적 바라보고

내 눈물 서려 있는데
바람이 불어 지우려 하는가
잊히지 않는 그리움이 윤슬에 비춘

오늘 밤도
서적에 내 눈물 마름 자국 남긴 채
잠든 모습 살포시 달빛이 덮어준다

슬픔도 그리움도 잊은 채.

회상

햇살 가득한 그곳에 앉아
하나둘 꺼내어봅니다
행여나 지나친 기억들이 내 마음
어딘가에 헤매고 있지 않나
슬픔도 아련함도 애잔한 마음도
추억의 한 페이지에 묶어
되돌려볼 수 있는 시간이 나에게도
주어진다면
나는 그 기억들 속에서 또 한 번
매질을 해봅니다
아픔이 있었기에 헝클어진 마음을
차례대로 줄을 세워 지난 기억에
사죄를 드립니다

강물에 띄워 보낼 수만 있다면
바람에 날릴 수만 있다면
차마 보내지 못한 내 마음을
지금 꺼내어봅니다
그것조차 추억이라면
지금부터라도 조금 더 나은
기억이 될 수 있게 인생을 다시
한번 그려보겠습니다

못다 핀 꽃 몽우리가
늘 안타까워하던 그날을 생각하며
활짝 핀 꽃이 되겠습니다
벌과 나비가 모여드는 향기로운
꽃이 되어 모두가 사랑하는 그런
사람이 되겠습니다.

건강검진

꿈길에 미로 한 바퀴 돌아 나오니
마음은 텅 비어 알몸 가지에
서늘함 느껴지고

붉은 불빛 아래
보일 듯 보이지 않는 허공 속
허우적거림에 낯익은 음파가 울리고
서늘한 바람 한 점 훅 지나가니
혼몽한 정신 꿈틀대고

눈꺼풀 스르르 열리니
아스라이 보이는 낯선 천장
끌려가는 걱정과 끝났다는 안도감

이 모든 과제 역시
세상 반 바퀴를 돌거나
돌아 나온 이들의 과제가 아닐까
육신의 고달픔을 치유하는 마음

고장이 난 시곗바늘은
어디에서 멈출지 늘 조바심에
넘어지고 다쳐도

자신을 진단하고
여명이 비치는 새벽을 바라보고
반복되는 일상을 치유하며
떠오른 햇살에 하루하루의 감사함을 느낀다.

바램

어느새 이만큼 흘러왔는지
어느새 여기까지 왔는지
쉼 없이 달려왔는데

어느 틈엔가 달랑 한 장남은 달력
열한 장의 세월에 채워진 게
없는 것 같습니다

봄에는 설렘 안고
진달래 꽃망울 바라보며
살구 향을 맡으면서 시를 썼습니다

한여름의 뜨거운 태양을 피하려고
라벤더 향이 짙은 그늘을 찾아
머리를 식히고

소슬바람
불어오는 가을에는
만산 홍엽 진 가을 산 찾아
단풍에 내 마음도 남겨 보았습니다

어느새 시린 겨울이 찾아와
내 한 해의 아름다운 기억을
덮으려 합니다

이제는 나의 작은 글이 좋으면
남겨질 것이고 나쁘면 잊히겠지만
나와 한 해를 함께 해준 벗들이 있어서
나는 행복했습니다

이제 나의 작은 바램은
내년에도 함께 기뻐하고
슬프면 위로해주고
외로우면 벗 되어주는

그런 사람들과 또 한 해를
함께 나눌 수 있기를 바랍니다
그것만이 나의 작은 바람입니다.

비움

우리 인생도 지나면
흔적도 자취도 채워지지 않는 비움
알몸 가지 하나둘 초목에 묻히고

허공을 가르는 새들도
날아간 흔적조차 남지 않는 텅 빈 하늘
공허함만이 흐르고

이 땅에 뿌리박힌 천년의 나목도
세월이 지나면 흙으로 돌아가는 것
한세상 쉬어갈 뿐
모두가 지나면 무생인 것

한 세상 살아온 시간
거품처럼 사라진다 해도
세상사 모두가 뜬구름 가설인 것을
내 인생 스쳐지나갈 뿐 다시 오지 못하리

수천억 년 이어온
하늘이 준 선물 태양과 바람이 이 땅의
주인인 것을 어쩌겠나

피고 지는 꽃들도
알고 보면 땅의 한 줌인 것을
태고의 삶이 모두가 그러한 것처럼

인생의 뜨락에 마음의 꽃이 피어
사랑으로 지는 향기로운 길이 있을 뿐이지
알고 나면 인생 모두가 비움인 것을.

생(生)

태고의 바람
수억 년 바람에 깎여진 바위의 전설
햇빛 사슬 비추는
저 강물은 알 수 있을까
억겁의 세월이 만든 절벽의 주름도
바람의 작품인 것을,

황금 박쥐도
바람을 타고 적벽의 제왕인 것처럼 날다
햇살 한줌에 어둠의 바람을 탄다

동트는 푸른 동해의 끝자락
바람이 전해주는 대왕 고래의 슬픈 소식
천년거북 무지개 타고 오른다네

천년을 살아온 소나무
천년을 사는 황새도 바람을 타는데
어찌하여 사람의 一生은 한번 가면 오지 못하나

세월아,
바람아,

왜?
사람의 생은
천년만년 살지 못하는지
이 좋은 사람들과 천년만년 살고픈데
바람아 너는 아느냐
生)을.

그대인가요

혹시, 그대인가요
내 오랜 그리움 뒤에 숨어 있는 이가
오랜 세월 다솜했던 시간 남기고 간 이가

정말 그대인가요
소복이 내리는 눈 속에 숨어서 바라보는 이가
오매불망 내 가슴에 남겨졌던 이가

혹시, 이름을 불러 보아도 될까요
아직도 지워지지 않는 이름을
혹시, 그대 못 들으면

소복하게 쌓인 눈 위에 적어볼게요
그대가 맞으면 뒤돌아서 있는
내 눈에 그대 두 손으로
감싸주면 안 될까요

혹시, 그때 느꼈던 그대의 따뜻한 온기를
다시 한번 느낄 수 있지 않을까요
이 눈이 녹아 사라지기 전에요.

하얀 그리움

바람에 흔들리지 않는 꽃이 어디 있으랴
시절을 거스르는 萬像이 어디 있으랴

철 지난 계절이 돌아누울 즈음
옹기종기 모여 앉아서 재잘대던
새들도 짝지어 어디론가 날아가는데

바람 따라 떠난
내 그리운 임은 언제나 오시려나
햇볕이 따뜻한 날에 남겨진
하얀 그리움

가슴에 남아있는
부드러운 숨결 같은 그리움은 어디에

마음 밭 일궈내는
심장 소리만이 들리고
바람에 날아간 꽃잎들이
하얀 그리움이 되어 날아든다.

인연 (因緣)

새벽달 사이로 흐려지는 가로등 불빛처럼
조금씩 잊혀지는 이름들처럼,

가끔 돌아보는 걸 잊어버리고
피고 진 세월만 쫓아온 시간

달려온 길을 재 볼 수는 없지만
내 마음에 스며든 세월의 무게는

과연 얼마나 될까? 어디쯤 왔을까?

어디쯤 닻을 내려
깎아 먹은 세월, 부스럭거리는 억겁을
창파(滄波)에 던져 이별을 고할까?

이승에 맺은 因緣
존재 이유에 매달려 달려온 시간
모두가 因緣의 테두리에 담긴 한 울타리인데

돌아보는 세월이
어쩌면 더 아름다울 수가 있다.

밀물과 썰물

해진 하루 주름진 세월에
소멸하지 못한 아쉬움이
가슴에 쌓여 연풍에 날아갑니다

붉은 태양이 등 너미에 앉아
낙조에 물든 새 한 마리가
아쉬운 듯 혼자 날고 있습니다

썰물이 남기고 간 자리
갯벌에 구워진 슬픈 구어(句語)들
익숙지 않은 사연들이 쌓여만 갑니다

밀물에 지워진 슬픈 구어(句語)들
이제는 익숙해진 사연들이
어느새 가슴에 남아있는 그리움이
붉은 노을에 지는 갯벌을 바라봅니다.

놈

오늘처럼 우수에 젖는 날에
그놈이 더욱 생각이 나는 것은

그날도
오늘처럼 비가 부슬부슬 내리던 날이
생각이 나서 일까

9부 능선 남은 머리가
어색하지만 20년을 보았기 때문일까
낯설지 않은 모습이다

놈이 조금은 의젓해 보이지만
감쇠해진 모습에 긴장감을 등에 업고

중하에 (음력 5월)
질곡진 길 따라 돌아서는
놈의 모습에 그렁그렁한 눈망울에 쌓인
이슬이, 줄비에 가려진 채 석별의 정 나눈다

동병상련의
같은 공간에 섞여서 걸어가는
놈의 뒷모습에 끝내
어미의 저미는 속내음이 터진다

애써 참아보지만
아비의 눈에도 이슬 꽃이 핀다
오늘도 성글게 떨어지는 빗방울에
놈이 생각나는 것은
아마도 자식이기 때문일 거야.

장사도

햇살이 머무른 시간
다도해의 물결이 밀려오는 시간

파도의 숨소리
지표를 깎아먹는 소리
천년을 살지도 못할 거면서
기웃거리다 찾아온 섬

장사도의 한낮이 따가움에 물든다
먼 곳을 향해 울부짖는 부엉이의
눈물조차 삼켜버린 섬

다도해를 굽이치듯 달려온 이곳
꽃잎 진 자리마다 새겨진 이름 없는 영혼에
한 줌 햇살이 찾아와 긴 하루를 새긴다

내 영혼도 잠시 이곳에 머물러
파도가 삼켜버린 긴 세월을 가늠해본다.

오늘 같은 날

오늘 같이 비가 오는 날에는
누군가 우연이라도 만났으면 좋겠다

오늘 같은 날에는 누군가 뒤에서
내 이름 불러 주었으면 좋겠다

오늘 같은 날에는 그리운 사람이
빨간 신호등 건너에 서, 있었으면 좋겠다

오늘 같은 날에는 강변 카페에 앉아
달보드레한 차 한 잔
나눌 수 있었으면 좋겠다

오늘 같은 날에는 차 한 잔이 식어도
함께 오래도록 이야기 나눌 수 있는
사람이 옆에 있었으면 좋겠다

오늘 같이 비가 오는 날에는 우연이라도
그 사람을 만날 수 있을 것 같아
길을 나선다.

슬픔도 그리울 때가

최명오 시집

2020년 3월 3일 초판 1쇄
2020년 3월 6일 발행
지 은 이 : 최명오
펴 낸 이 : 김락호
디자인 편집 : 이은희
기 획 : 시사랑음악사랑
연 락 처 : 1899-1341
홈페이지 주소 : www.poemmusic.net
E-Mail : poemarts@hanmail.net

정가 : 10,000원
ISBN : 979-11-6284-187-7